D1238408

BILLIE B. BROWN

SALLY RIPPIN

B Bruño

BILLIE B. ES MUY CURIOSA

Título original: *Billie B Brown*
The Extra-special Helper / The Perfect Present
© 2010 Sally Rippin
Publicado por primera vez por Hardie Grant Egmont, Australia

© 2014 Grupo Editorial Bruño, S. L.
Juan Ignacio Luca de Tena, 15
228027 Madrid
www.brunolibros.es

Dirección Editorial: Isabel Carril
Coordinación Editorial: Begoña Lozano
Traducción: Pablo Álvarez
Edición: María José Guitián
Ilustración: O'Kif
Preimpresión: Francisco González
Diseño de cubierta: Miguel A. Parreño (MAPO DISEÑO)
ISBN: 978-84-696-0115-0
D. legal: M-24512-2014
Printed in Spain

BILLIE B. BROWN

LA AYUDANTE MANDONA

Capítulo 1

Billie B. Brown lleva
un sombrero que la protege
del sol, una botella de agua
y catorce carpetas.

¿Sabes qué significa la B
que hay entre su nombre
y su apellido?

Pues sí, ¡has acertado! Es la B de

BASTANTE
MANDONA

A veces, Billie es algo mandona. Un poquitito nada más. Como hoy, por ejemplo…

Billie y sus compañeros van de excursión al zoo.

¿Y sabes por qué Billie lleva tantas carpetas?

Porque la señorita Walton le ha pedido que sea su ayudante superespecial. Por eso Billie está SUPERORGULLOSA.

En el autobús, consigue
sentarse junto a la profe y esta
le dice:

—Tendrás que estar muy
atenta, Billie. Hoy
no se nos puede
perder ningún
alumno. Es muy
importante…

—Claro
—responde
la niña.

—¡Chicos, no hagáis tanto RUIDO, por favor! —les grita de pronto la señorita Walton a los niños que están sentados en la parte de atrás.

Billie se gira para mirar y saluda a Jack con una mano.

Jack es su mejor amigo. Son amigos íntimos desde que eran bebés.

Normalmente se sientan juntos. Pero hoy Billie es la ayudante superespecial de la señorita Walton, así que Jack está con los demás chicos, en la parte de atrás del autobús.

Los niños ríen y cantan canciones en voz alta.

—Billie,
¿puedes decirles
a los chicos que bajen
la voz un poco, por favor?
—le pide la señorita Walton.

Entonces Billie camina hacia
la parte de atrás del autobús
y exclama:

—¡Chicos, estáis haciendo
MUCHO RUIDO!

—¿Quién lo dice?
—pregunta Sam.

—Eso, ¿quién?
—repite Benny.

—La señorita
Walton. Dice que bajéis
la voz… —responde Billie,
mirando fijamente a Benny.

Luego Benny mira a Jack.
Y después Sam también
se queda mirando a Jack.
Al final él se encoge
de hombros y dice:

—Lo siento, Billie.
Intentaremos hacer
MENOS RUIDO.

—¡Vale! —replica Billie MUY CONTENTA, y regresa a grandes zancadas a su asiento.

—Gracias, Billie —la felicita la señorita Walton, y Billie sonríe de oreja a oreja.

Le encanta ser ayudante superespecial.

¡Y espera ser una GRAN ayudante superespecial!

Capítulo 2

Cuando llegan al zoo, la señorita Walton les dice a los alumnos que formen dos filas.

Una empieza delante de la señorita Walton, y la otra delante de Billie.

La señorita y su ayudante superespecial empiezan a repartir las carpetas entre los alumnos.

—Niños, no os separéis
de ellas, porque tendréis
que devolvérmelas al final
de la excursión —les advierte
la señorita Walton.

—No perdáis las carpetas
—repite Billie mientras
se las da a Benny, Sam y Jack.

—¡Claro que no! —responde
Jack frunciendo el ceño.

—Solo os lo recuerdo, nada
más —responde Billie
mientras recorre la fila.

—Permaneced juntos —dice entonces la señorita Walton—. No quiero que nadie se pierda, ¿de acuerdo?

—¡De acuerdo! —gritan todos los compañeros de Billie, muy emocionados.

¡Pasar el día en el zoo es mucho más divertido que pasarlo en el colegio!

¡Ojalá pudieran ir de excursión todos los días!

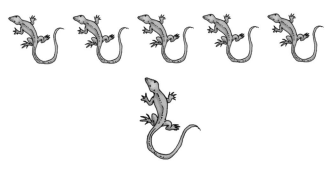

—¡Perfecto, chicos!
—responde la señorita
Walton—. Empezaremos
por los reptiles. Quiero
que separéis los animales
que vamos a ver hoy
en dos grupos: los de sangre
caliente y los de sangre
fría. ¿Vale?

En ese
momento Benny
levanta una mano
y pregunta:

—¿Qué significa sangre
caliente y sangre fría?

La señorita Walton da un
suspiro y replica:

—¡Benny, llevamos tres
meses estudiando eso!

—No se preocupe, señorita Walton —interviene Billie—. Yo ayudaré a Benny.

Pero Benny frunce el ceño y dice:

—No, gracias, tú ya estás ayudando a la señorita Walton. A mí me puede ayudar Jack.

—¡Por supuesto! —responde él. Jack apoya un brazo en el hombro de Benny y añade—: Es muy fácil, mira…

Billie se queda observando cómo hablan Benny y Jack.

Está un poco celosilla, porque Jack y ella siempre se sientan juntos en clase. En realidad, Jack y ella siempre están juntos.

Y Billie empieza a echar de menos a Jack…

Pero de pronto la señorita Walton le pide a Billie que la ayude a repartir lápices, y así Billie se siente importante de nuevo.

—Y ahora, Billie, necesito que vayas al final de la fila y te asegures de que nadie se queda atrás —le pide la profe.

Billie se frota la frente,
UN POCO MOLESTA,
pues no quiere ser la última
de la fila.

A ella le gustaría estar a media
altura, con Jack, o al principio,
con la señorita Walton.

Pero como la profe le ha
pedido que sea su ayudante
superespecial, no le queda
más remedio que resignarse
y responder:

—Bueno, vale…

—Gracias, Billie. Es muy importante que no se nos pierda nadie. ¡El zoo es muy grande! —exclama la señorita Walton, y acto seguido todos echan a andar.

Capítulo 3

Ordenadamente, los alumnos
se dirigen en dos filas hacia
la sección de reptiles.

Billie se mantiene al final para
asegurarse de que nadie
se pierda, tal como
le ha pedido la profe.

¡Es una tarea muy importante
y tiene que hacerla
REQUETEBIEN!

Poco después, Billie
se pone a observar
con mucha atención
los lagartos, las tortugas
y los cocodrilos. Como Billie
sabe que todos esos animales
son de sangre fría, los apunta
en el apartado de animales
de sangre fría.

Después van a ver a los monos,
que son los favoritos de Billie.

A Billie le encantan, sobre
todo, los bebés de chimpancé.
¡Son tan traviesos!

Billie pone a los monos
en el apartado de animales
de sangre caliente y piensa
que los deberes son muy
fáciles.

Luego, cuando levanta
la mirada, ve a Sam, Benny
y Jack haciéndoles muecas
a los monos. ¡A Billie
le entra una risita tonta,
porque los chicos también
parecen monos!

Entonces la señorita Walton
los mira y exclama:

—¡Vamos, niños, os estáis
retrasando!

Billie camina hacia Jack, Sam
y Benny con decisión, pensando
que a punto ha estado de
olvidar su importante tarea
por su culpa.

—¡Deprisa! —exclama—.
¡Venga, que os estamos
esperando!

—¡Qué mandona estás hoy, Billie! —dice Jack, un poquito cansado.

Billie mira a Jack. Jack ya no pone cara de mono. Ni sonríe, como acostumbra. Tiene cara de estar enfadado: ¡de estar enfadado con ella!

A Billie se le hace UN NUDO EN EL estómago. Quiere que Jack esté contento con ella. Jack es su mejor amigo…

Pero también quiere que la señorita Walton esté contenta con ella, porque Billie es su ayudante superespecial y no quiere fallarle.

—No estoy mandona.
¡Es que tengo que asegurarme de que no os perdáis!
—replica, frunciendo el ceño, y echa a andar.

¡Si Jack está ENFADADO con ella, ella también está ENFADADA con él!

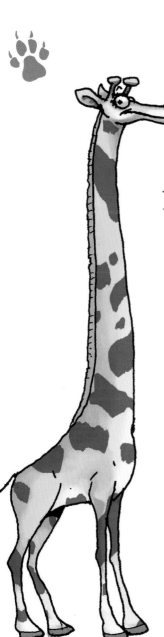

Después,
la clase
sale de la
zona de
los monos y
camina hasta
el siguiente
recinto.

Se quedan
mirando
a los leones,
los tigres
y las jirafas de
Laaaaaaaaargo
cuello.

Más tarde atraviesan la sala de los insectos y otra donde están las mariposas.

Billie va apuntando los animales en su hoja de papel: sangre caliente, sangre fría, sangre caliente, sangre fría…

Billie conoce todas las respuestas…

¡Los deberes están chupados!

Capítulo 4

Un poco más tarde llegan
al acuario.

Todos los niños, asombrados,
se meten en un largo túnel
con paredes de cristal
que atraviesa el agua.

Por todas partes hay rocas,
plantas y cientos de peces
de colores. Además,
hay varios delfines.
¡A Billie le encantan!

Billie se queda pegada
al cristal, observándolos.
Se sumergen, nadan
en una dirección y otra y hacen
ruiditos extraños.

Billie piensa que son
MARAVILLOSOS.

De pronto, ve a un bebé delfín
junto a su madre.

El bebé mueve la cabeza arriba
y abajo, Billie le hace un gesto
con una mano, y el bebé
le dedica una gran sonrisa.

¿Los delfines tienen sangre caliente o fría? ¿Los bebés de los delfines salen de huevos o no?

Billie no se acuerda, así que piensa en pedirle ayuda a Jack.

En clase, Billie y Jack siempre se ayudan. Eso hacen los mejores amigos, ¿no?

Billie busca a Jack con la mirada, pero no le ve. ¡Vaya, la clase entera ha desaparecido! ¡Billie se ha quedado atrás!

La niña sale corriendo del túnel
y mira a izquierda y derecha:
¡nadie a la vista! ¡Billie se ha
perdido! Se está asustando,
y nota que va a llorar.

Pero entonces una cara
aparece por detrás de una
esquina… Es una cara
con pecas y una gran sonrisa.
¿Imaginas quién es?

¡Sí, es Jack! Ha vuelto a por Billie, y ella nunca ha estado tan contenta de verlo.

Los dos echan a correr y se abrazan muy fuerte.

—¡Vamos, Billie! ¡Estás retrasando a toda la clase! —bromea Jack.

—Siento haber sido tan mandona. Y gracias por venir a buscarme —replica la niña, un poquito COLORADA.

—No pasa nada. Sé que solo querías ayudar a la señorita Walton.

—¡He estado tan pendiente de que no se perdiera nadie, que al final me he perdido yo!

—Ya, menos mal que me he dado cuenta… —dice Jack.

En ese
momento,
Billie
se siente muy
afortunada de tener un
amigo tan bueno.

—Jack, ¿quieres ir conmigo
al final de la fila?

—¡Claro! Pero…
¡Oh, no!

—¿Qué pasa? —pregunta
Billie, muy PREOCUPADA
por si Jack
ha cambiado
de opinión.

¿Acaso
ya no quiere
ir con ella?

—¡Tu carpeta!
¿Dónde está?

—¡Uy, me la habré dejado
donde los delfines! No estoy
siendo muy buena ayudante,
¿verdad? Creo que necesito
mi propio ayudante
superespecial.

—¡Venga, vamos a coger
tu carpeta! —exclama
Jack, echándose
a reír.

—¡Qué mandón estás hoy, Jack! —replica Billie con una gran sonrisa.

Los dos regresan al túnel, cogen la carpeta y corren junto a sus compañeros. ¿Y sabes qué? ¡Corren tanto que nadie nota que se habían quedado atrás!

BILLIE B. BROWN

¡FELIZ NAVIDAD!

 Capítulo 1

Billie B. Brown lleva
un delantal; en las manos,
un bol y una cuchara pegajosa;
y en la cabeza, un gorro
de cocinera. ¿Sabes qué
significa la B que hay entre
su nombre y su apellido?

¡Sí, has acertado! Es la B
que hay en

ÁRBOL
DE NAVIDAD

Es Navidad, y hace tiempo
que Billie puso el árbol y los
adornos. ¡La casa ha quedado
PRECIOSA!

Ahora está en la cocina,
horneando galletas con
la ayuda de sus padres.

Se oyen villancicos de
fondo y huele muy bien.
¡A BILLIE SE LE ESTÁ
HACIENDO LA bOCA AGUA!

De pronto, debajo de unos platos, Billie ve una hoja de periódico y, naturalmente, la lee.

En letras muy grandes, dice:

¡ATENCIÓN! ¡NO PERMITAN QUE SUS HIJOS LEAN ESTA NOTICIA!

Billie se queda muy extrañada. Mira a un lado y a otro y, como ahora mismo sus padres están en el salón, continúa leyendo.

EXCLUSIVA. Papá Noel nos comunica que sus renos tienen gripe y no pueden volar. Papá Noel y sus ayudantes han tenido que esconder los regalos en las casas de los propios niños con varios días de antelación para ahorrar tiempo.

«Claro —piensa Billie—, sin trineos voladores tiene

que ser muy difícil repartir los regalos de todos los niños en una sola noche».

Entonces a Billie se le ocurre una idea.

Se quita el delantal y el gorro, se pone el chaquetón y sale al jardín. Luego se mete por el agujero de la valla para entrar en casa de Jack.

Jack es el mejor amigo de Billie.

Son amigos desde que eran bebés y viven puerta con puerta. Jack y Billie siempre están juntos.

—¡Jack, el periódico dice que Papá Noel ha tenido que entregar los regalos antes de tiempo! ¡Vamos a buscarlos! —exclama Billie.

—Eso no está bien, Billie. ¡No podemos fastidiarle la sorpresa a Papá Noel! Además, vete a saber dónde los habrá dejado.

—¡Lo único que tenemos que hacer es registrar toda la casa! —contesta Billie con una SONRISA TRAVIESA.

Al final, Jack se deja convencer y los dos registran hasta el último rincón de la casa de Billie sin encontrar nada de nada.

¿Dónde podrán estar los regalos?

Capítulo 2

Jack sigue a Billie hasta
la parte trasera del jardín.

Allí, junto al gallinero,
hay un pequeño cobertizo.
Al ver a los niños, las gallinas
CACAREAN ruidosamente.

—¡Shhh! —les chista Billie—.
¡Mamá y papá os van a oír!
—añade mientras empuja
la puerta del cobertizo,
que CHIRRÍA UN
MONTÓN.

—¿Tienes permiso para entrar ahí? —le pregunta Jack, que parece un poco PREOCUPADO.

—Bueno…, la verdad es que no —responde Billie—. Pero tranquilo, ni mi madre ni mi padre se enterarán.

Dentro del cobertizo está oscuro y hay telarañas y mucho polvo. ¡Quizá haya hasta ratones!

Sin embargo, en un rincón algo brilla intensamente…

¡Es una bicicleta nuevecita, sin estrenar!

—¡Guau! —exclama Jack—. ¡ESA biciCleta mola UN montón!

—¡Desde luego! —replica Billie, orgullosa—. Es la bicicleta que le pedí a Papá Noel. ¡Me muero de ganas de montar en ella!

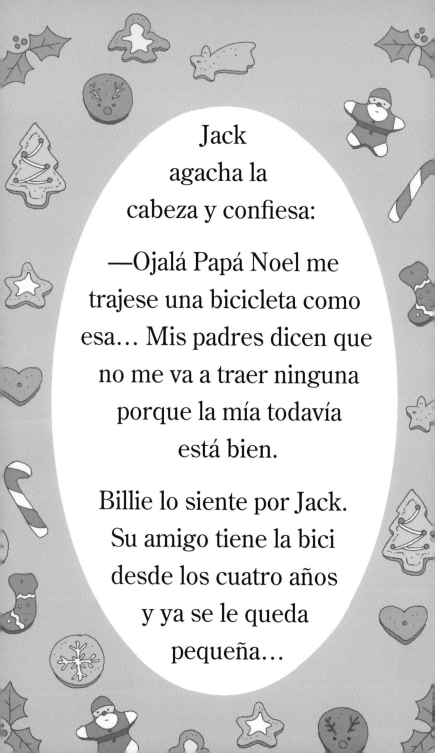

Jack
agacha la
cabeza y confiesa:

—Ojalá Papá Noel me
trajese una bicicleta como
esa… Mis padres dicen que
no me va a traer ninguna
porque la mía todavía
está bien.

Billie lo siente por Jack.
Su amigo tiene la bici
desde los cuatro años
y ya se le queda
pequeña…

—¿Y
si te presto
esta? —se ofrece
Billie—. ¿O te quieres
quedar la mía, la vieja, que
es más grande que la tuya?

Jack se enfada.

—No quiero tu bici vieja.
Quiero una nueva.
¡Esto no es justo!

—¡Pues no es culpa
mía! —replica
Billie.

—¡No tenías que haber
curioseado qué te iba a traer
Papá Noel! —refunfuña Jack—.
¡Eso es trampa!

—¡Apuesto lo que sea
a que tú vas a hacer lo mismo!
—contesta Billie.

—¡Pues no! ¡No voy a hacerlo!
—responde Jack—. Puede que

Papá Noel te deje sin bici, por FISGONA.

—¡Más quisieras! ¡Envidia cochina, eso es lo que tienes!

Los dos amigos se miran bastante enfadados y luego Jack anuncia:

—¡Me voy a casa!

—¡Yo también, hala! —replica Billie, y ella y Jack salen del cobertizo, cada uno por su lado, como dos torbellinos.

Jack se mete por el agujero de la valla y Billie entra en su casa por la puerta trasera.

Pero Billie está tan enfadada que olvida hacer una cosa muy importante.

¿Sabes qué ha olvidado? Pues sí, ha olvidado cerrar la puerta del cobertizo.

AY, ay, ay...

Capítulo 3

Poco después, Billie vuelve a ponerse el delantal y el gorro y ayuda a su padre a envolver las galletas que han preparado en un bonito papel de regalo. Billie y su padre hacen paquetes para sus abuelos, para sus tíos, para sus amigos...

Cuando los paquetes están hechos, Billie escribe los nombres de los destinatarios con mucho cuidado.

Cuando llega el turno
del paquete de Jack, Billie
se pone UN POCO TRISTE.
SIENTE HABERSE ENFADADO
con él, así que en su paquete
incluye algunas galletas
más. También siente
que Papá Noel le vaya
a regalar a ella una bici nueva,
y a él no.

¡Ah, su bici nueva! Billie
se emociona tanto al pensar
en ella que se levanta
de la mesa y se pone
a bailotear y a cantar.

—Qué contenta estás, Billie. ¡Cómo se nota que esta noche llega Papá Noel! —comenta su padre.

Justo entonces, su madre entra por la puerta trasera. En su cara hay una expresión muy extraña...

—Billie, has estado en el cobertizo, ¿verdad? —le pregunta.

—Humm, ¡no! —murmura
Billie—. ¡Por supuesto que no!

—No sé yo… —dice el padre
de Billie, mirando a su mujer
con el ceño fruncido.

—Espero que así sea —replica
la madre de Billie—, porque
los ayudantes de Papá Noel
han escondido ahí el regalo
de Jack. ¡Sería una pena
que él lo viera antes de tiempo!

—¿El…, el regalo de Jack?
—repite Billie,
angustiada.

—Eso es. Menos mal que no habéis estado curioseando por ahí… Eso estropearía la sorpresa, ¿verdad?

Billie mira al suelo, completamente CHaFaDa.

¡No puede creerlo! ¡La bici nueva no es para ella, sino para Jack!

La burbuja de felicidad que le llenaba la tripa revienta con un tremendo ¡POFFFF!

Después
de la cena de
Nochebuena, llega
la hora de que Billie
se acueste.

—A la cama, bichito —le dice
su madre—. Prepárate, y en un
rato vamos a arroparte.

Billie corre escaleras arriba.
Sigue triste, pues no hace
más que pensar en su
bici nueva, que
lleva tanto tiempo
pidiendo…

Billie se lava los dientes, se pone su pijama favorito, se quita los coleteros y se mete en la cama, intentando con todas sus fuerzas no llorar.

«¿Y si Papá Noel ha guardado mi bici en otro sitio? Quiero una bici nueva, y él lo sabe. ¡Se la he pedido un millón de veces!», piensa la niña, muy apenada.

En ese momento sus padres entran a darle un beso de buenas noches.

—Mañana es Navidad. ¿Te hace ilusión, cariño? —le pregunta su padre.

Y Billie asiente con la cabeza, pero lo cierto es que está un poco PREOCUPADA.

¿Qué va a pasar con su bici?

¿A QUIÉN SE LA REGALARÁ PAPÁ NOEL?

BICI NUEVA

Capítulo 4

A la mañana siguiente,
Billie se levanta la primera.
Es tan pronto que aún no hay
luz. ¡Ni siquiera se oye a las
gallinas!

A oscuras, va corriendo
a la habitación de sus padres,
se sube a su cama y empieza
a dar botes y a canturrear.

—¡Mamá, papá, levantaos!
¡Arriba, que ya es Navidad!
—grita una y otra vez.

Después, cuando sus padres
ya están medio despiertos,
corre escaleras abajo hasta
el salón.

Entonces ve la cantidad
de regalos que hay bajo
el árbol de Navidad y pega un
CHiLLiDO de emoción.

Inmediatamente, Billie
se acuerda de la bici
y da una vuelta
alrededor del árbol,
buscándola. ¿Donde
estará?

Hay un montón de paquetes con su nombre: hay varios alargados, otros tantos cuadrados, e incluso hay uno más o menos redondo. Pero ninguno tiene forma de bici. Y no hay ninguno que sea tan grande como para que CONTENGA una bici.

Por si acaso, Billie busca lejos del árbol.

Pero nada, la bici no está por ningún lado. Así que empieza a abrir sus regalos…

Billie admite que Papá Noel le
ha dejado muchísimas cosas
bonitas: hay varios libros,
pinturas, un vestido
precioso, que se
prueba de inmediato,
y unos zapatos a juego. Eso sí:
de la bicicleta, ni rastro.

—Gracias, Papá Noel
—dice Billie con voz baja,
bastante triste, y después
les da un abrazo a sus padres.

—¡Espera, cariño! —exclama entonces el padre de Billie—. ¡Todavía te queda un regalo por abrir! ¡Mira!

Debajo de un trozo de papel arrugado se esconde un paquetito que lleva el nombre de Billie. Ella lo coge y lo abre. Dentro hay una diminuta tarjeta que dice lo siguiente:

Mira en la maceta
que está junto a la puerta
de atrás.

¡Vaya nota más rara! Aun así, Billie sale por la puerta de atrás, se acerca a la maceta y mira dentro. Allí encuentra otra nota.

MACeTA

SeGUNDa NoTa

Y esta nota dice:

Mira bajo el alcornoque.

Billie sonríe. ¡Qué regalo más extraño!

Va corriendo hasta el árbol
y debajo, junto a las raíces,
encuentra una caja cuadrada
envuelta en papel de regalo.

Billie está emocionada y
extrañada a la vez. ¿Qué será?

La niña rompe el papel, abre
la caja y dentro descubre…

¡un casco de bicicleta!

A estas alturas, Billie está muy
desconcertada. Saca el casco,
que es rosa y muy bonito,
y de pronto cae otra nota
al suelo. Billie la desdobla
y lee:

Mira en el cobertizo
del jardín de Jack.

El corazón de Billie empieza
a latir con mucha fuerza
y en su cara se dibuja una
sonrisa de oreja a oreja.

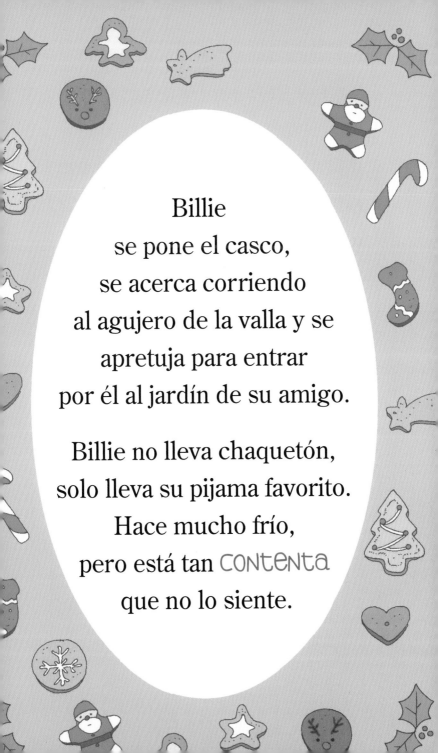

Billie
se pone el casco,
se acerca corriendo
al agujero de la valla y se
apretuja para entrar
por él al jardín de su amigo.

Billie no lleva chaquetón,
solo lleva su pijama favorito.
Hace mucho frío,
pero está tan CONTENTA
que no lo siente.

En ese momento Jack sale corriendo por la puerta trasera de su casa. En la cabeza, justo encima de su inseparable gorra, lleva un casco de bicicleta superchulo. Y tiene un papelito en una mano…

—¿Sabes qué, Billie? —grita
Jack, ENTUSIASMADO—. ¡Hay
un regalo para mí en tu
cobertizo!

—¿Y sabes qué? —replica
Billie, echándose a reír—. ¡Hay
un regalo para mí en el tuyo!

Los dos niños SE PARTEN DE
RISA y atraviesan corriendo el
jardín de Jack. Llegan hasta
el pequeño cobertizo…

… abren la puerta y…

… adivinas lo que hay dentro,
¿verdad?

¡Una bicicleta nueva, rosa
y preciosa! Y en la parte de
delante tiene una placa en
la que se ve una B amarilla
gigante. A Billie le encanta.
¡Es el regalo perfecto!

Jack y Billie saltan y chillan de
alegría. ¡Y estrenan sus bicis
dando una vuelta por el jardín!

BILLIE B. BROWN

ÍNDICE

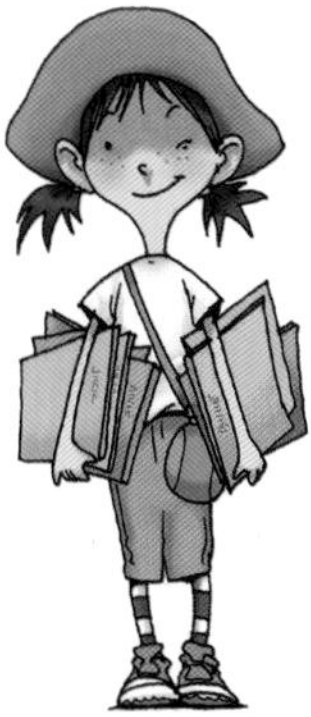

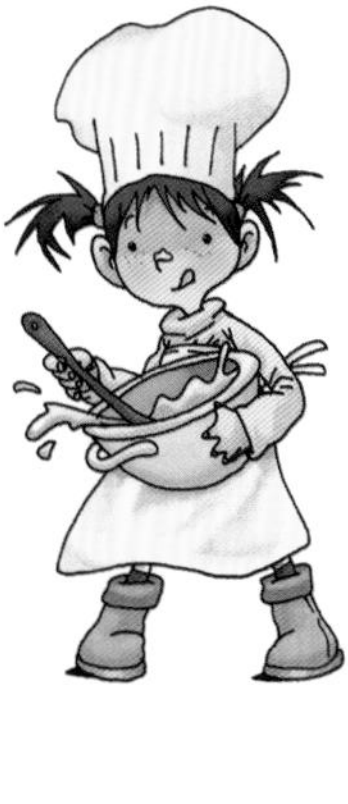

¡SI TE HAN GUSTADO
LAS AVENTURAS
DE BILLIE B. BROWN,
NO TE PIERDAS LOS DEMÁS
LIBROS DE LA COLECCIÓN!